ISERN, SUSANNA
EL GRAN LIBRO DE LOS SUPERTESOROS
QUE DE VERDAD IMPORTAN
2020
37565070085625   FORE
OFFICIAL
DISCARD
LIBRARY

T3-BWY-366

Susanna Isern es escritora, psicóloga y madre de tres hijos. Desde que su primer álbum ilustrado vio la luz, en 2011, no ha dejado de publicar libros infantiles.

Sus obras se han traducido a más de quince lenguas y se comercializan internacionalmente. Además, han sido premiadas en múltiples ocasiones. En la actualidad, compatibiliza su pasión por la escritura con la psicología. Ejerce la profesión en el ámbito privado y es profesora de psicología del aprendizaje en la Universidad Europea del Atlántico.

Rocio Bonilla es licenciada en Bellas Artes por la Universidad de Barcelona, tiene el CAP en Pedagogía y cursó estudios específicos de ilustración con Ignasi Blanch y Roger Olmos.

Inició su trayectoria profesional practicando diversas disciplinas artísticas, hasta llegar a la publicidad. En 2010 empezó a trabajar en el mundo editorial y, desde entonces, ha publicado más de cuarenta libros, compaginando la tarea de ilustradora con la de autora de libros infantiles. Sus álbumes ilustrados han ganado diversos premios y han sido traducidos a más de veinte idiomas.

A mi familia, el mejor supertesoro.
Susanna Isern

A Sergio. A la creatividad. A las sorpresas de la vida.
Rocio Bonilla

Texto © Susanna Isern, 2020
Ilustraciones © Rocio Bonilla, 2020

© Editorial Flamboyant S. L., 2020
Bailén, 180, planta baja, local 2
08037 Barcelona

www.editorialflamboyant.com

Reservados todos los derechos

Corrección de textos: Raúl Alonso Alemany

Primera edición, septiembre de 2020
Primera reimpresión, septiembre de 2020
ISBN: 978-84-17749-71-2
DL: B 3574-2020
Impreso en Printer Portuguesa, Portugal.

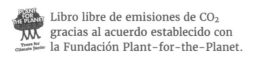 Libro libre de emisiones de CO_2 gracias al acuerdo establecido con la Fundación Plant-for-the-Planet.

EL GRAN LIBRO DE LOS
SUPER
TESOROS
QUE DE VERDAD IMPORTAN

TEXTO DE **SUSANNA ISERN**
ILUSTRACIONES DE **ROCIO BONILLA**

 Flamboyant

El campamento, listo en el jardín. Las luces y las guirnaldas de colores, pendiendo de rama en rama. Una cesta con cosas ricas por si pica el hambre a medianoche. Las linternas preparadas debajo de los sacos de dormir y una gran emoción que eriza la piel.

Ya está todo preparado para el gran acontecimiento de todos los veranos. Ivet, con sus historias de terror que hacen temblar hasta al más valiente. Simón, con su sonrisa enorme y su sentido del humor capaz de arrancar las carcajadas más estridentes. Vega y sus acrobacias circenses que dejan a todos con la boca abierta. Y Ainara, con sus ideas locas que pondrán el campamento patas arriba. Sara y sus amigos correrán entre los árboles, cantarán y bailarán a la luz de la luna. Juntos, vivirán, un año más, la mejor acampada de la historia.

El supertesoro de Sara son sus AMIGOS.

A Nico le encanta salir de casa y conocer lo que le rodea. Pasear por el barrio y, sin apenas darse cuenta, llegar a calles en las que no había estado nunca. Descubrir parques en la otra punta de la ciudad. Visitar otra localidad y divertirse en su parque de atracciones. Pero lo que más le gusta es ir de excursión con sus compañeros de clase. O, ¡mejor aún!, de campamentos. Cada noche, Nico tacha los días del calendario que faltan para la siguiente salida.

Cuando Nico prepara las maletas para partir hacia un nuevo destino, siente una emoción indescriptible y su corazón late desbocado. Cuando sea mayor, le gustaría recorrer el mundo, conocer otras gentes, ciudades, paisajes y culturas para llenar su maleta de experiencias alucinantes.

El supertesoro de Nico es
IR CADA VEZ MÁS LEJOS.

Los «te quiero» de papá Pedro. Los besos pinchudos que lo curan todo de papá Luis. Las cosquillas infalibles de la abuela, que alejan las penas. Los abrazos de oso del bisabuelo, capaces de derretir un iceberg. Las caricias de mariposa de su hermano, que tanto le calman cuando se enfada. Las sonrisas cómplices de sus amigos, que le llenan de cariño. Y las palabras amables de los desconocidos que se cruza cada día en el camino.

Álvaro tiene una caja mágica donde guarda besos, abrazos, cosquillas, sonrisas y palabras bonitas. Le encanta recibirlos, lo mismo que darlos. Y cuanto más los da, más llena tiene su caja. El lema de Álvaro es: «no dejes para mañana los besos, abrazos, sonrisas y caricias que puedas dar hoy».

El supertesoro de Álvaro es el

AMOR.

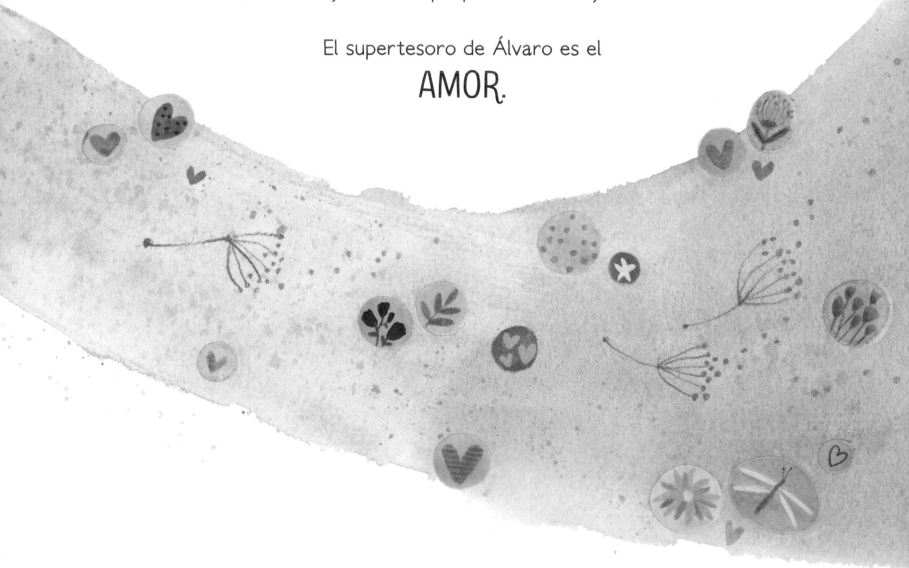

Y es que a Candela le encantan los animales. Rescata a los abandonados y cura a los enfermos. Los cuida y los quiere. Son sus mejores amigos y juntos forman una singular familia.

El supertesoro de Candela son los ANIMALES.

«Esta foto es de mi primera actuación de fin de curso, estaba tan nerviosa que temblaba como un flan. Aquí aprendí a ir en bicicleta. Esta entrada es del concierto que me dejó afónica durante dos días de tanto cantar. Y esta pulsera es del hospital, de cuando me rompí la pierna tratando de dar una doble voltereta, todavía conservo la cicatriz».

El álbum de Patri tiene fotos, recortes, cartas, entradas y hasta billetes de avión. Cada vez que lo abre emprende un viaje increíble por sus recuerdos: ríe, canta, llora o, a veces, incluso se enfada. Ya ha llenado un montón de páginas con sus anécdotas, aunque seguro que lo mejor está por llegar.

El supertesoro de Patri
son los RECUERDOS.

Su madre esconde la identidad secreta de la Capitana Marvel; por eso hace tantas cosas al mismo tiempo y a la velocidad de la luz. Su padre es un gran artista de circo, pues es capaz de hacer malabares con su trabajo y aun así pasar grandes ratos con él y su hermana. De joven, el abuelo fue un valiente astronauta, solo eso explicaría que sepa tanto sobre el espacio. Su hermana es un hada de los bosques, por eso huele a hojas de árbol. Y su perro, Wolf, entiende el lenguaje de los humanos, ¿cómo iba a saber siempre lo que necesita, si no?

Quizás en su casa no vivan una superheroína, un malabarista, un astronauta, un hada y un perro prodigioso... Pero eso a Manuel no le importa. Tiene la mejor familia del mundo.

El supertesoro de Manuel es su FAMILIA.

Rashid está haciendo los deberes. De pronto, un pequeño insecto volador se detiene en su lápiz.

–¿Qué clase de bicho es este? –pregunta lleno de curiosidad.

–A ver... Es una efímera –contesta su padre–. Y, ¿sabes qué? Apenas vive veinticuatro horas.

–Pues sí que tiene poco tiempo...

Entonces, Rashid comienza a pensar. Le gustaría tener más tiempo para hacer las cosas que le apetecen. Como bajar a patinar, charlar con sus amigos y comer pipas, leer tranquilo sin mirar el reloj o simplemente no hacer nada. ¡Cómo le gustaría tener tiempo para aburrirse! Pero casi siempre está ocupado con el colegio, las actividades extraescolares y los deberes. Quizá debería pedirles a sus padres que le desapunten de tenis.

En ese momento, la efímera echa a volar y Rashid vuelve a la realidad. ¡Ahí va! ¡Ya se ha vuelto a distraer, así no acabará nunca! Rashid se concentra. Si trabaja a buen ritmo, terminará pronto y podrá hacer lo que le venga en gana.

El supertesoro de Rashid es
TENER TIEMPO.

Zoe tiene una bicicleta roja que la lleva a todas partes. Montada en su fiel compañera, siempre llega a tiempo. Encima de su almohada tiene su sitio especial Lupitas, el oso de peluche que le regalaron al nacer. Donde tuvo un ojo, ahora Lupitas tiene un botón; pero es blandito como el algodón y huele al perfume de mamá. Debajo del colchón, Zoe esconde su colección de *Star Wars*. Está vieja y desgastada, pero para ella tienen un valor incalculable. Zoe guarda el anillo de la bisabuela en una tacita. Cuando se lo regaló, la *bisa* le dijo que ese anillo la había acompañado en los grandes momentos de su vida.

Estas son algunas de las cosas a las que Zoe tiene un cariño especial. No son las más caras, novedosas y originales, pero le regalan las emociones más bonitas que puedas imaginar.

El supertesoro de Zoe son sus COSAS ESPECIALES.

Maya tiene una brújula mágica que siempre indica el camino a trepidantes aventuras. De su cuello cuelga una cámara fotográfica de última generación que capta las instantáneas en los momentos más precisos. Con su linterna frontal es capaz de iluminar la oscuridad de los sótanos más tenebrosos, encontrar murciélagos durmientes y descubrir tesoros ocultos bajo las baldosas. Sus botas están hechas de valentía, recorren callejuelas misteriosas y escalan los rascacielos más altos.

Lo que más le gusta a Maya es salir de casa con su *kit* de aventurera y su monopatín volador, seguir la dirección del viento del norte o a la Estrella Polar, y vivir las más emocionantes hazañas en su ciudad.

El supertesoro de Maya es
VIVIR AVENTURAS.

En la habitación de Maiko hay una estantería con libros de todos los colores y tamaños. Cada noche, antes de irse a dormir, comienza un ritual casi mágico. Maiko respira hondo y acaricia los lomos con la yema de sus dedos. Al tocarlos, suenan melodías distintas: misterio, aventuras, humor, terror...

Hoy, los dedos de Maiko se detienen en unas palabras escritas con relieve dorado. Suena una música inquietante y, sin dudarlo, abre el libro. Entonces, oye el bramido de una tempestad que lucha contra un barco, y la ilustración parece tomar vida; las olas se agitan y la embarcación tiembla. Maiko lee el relato y viaja hacia el corazón del libro, puede sentir en su piel el viento, el frío, el agua... ¿Qué aventura le esperará mañana?

El supertesoro de Maiko son los

LIBROS.

Hoy Marcia está un poco pachucha. Le duelen la cabeza y la garganta, tose todo el tiempo y le cuesta respirar.

¡El termómetro marca 39 grados de temperatura! ¡Menuda fiebre!

Confirmado, Marcia tiene gripe. Debe quedarse en la cama todo el día, y justo esa tarde es el cumpleaños de Ana. Por suerte, su madre está a su lado para cuidarla. Le ha dado un jarabe, le ha preparado una sopa calentita y, cada poco, va a ver cómo se encuentra. Por la tarde se han acurrucado bajo una manta y han visto su película favorita.

Aunque con los mimos de la familia se lleva mucho mejor, estar enferma es un fastidio. Marcia se da cuenta de que cuidarse es importante. Por eso hay que abrigarse, comer fruta y verdura, hacer ejercicio y dormir para estar fuertes. Así es más difícil caer enfermos y podemos ir al cole, encontrarnos con los amigos...

El supertesoro de Marcia es la SALUD.

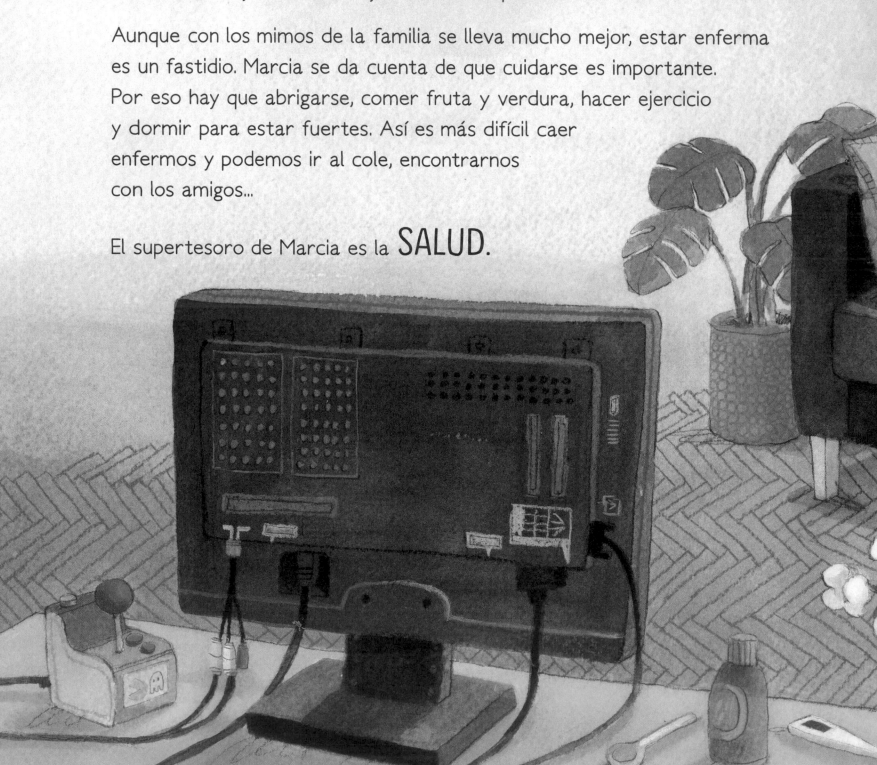

«El año que viene iré a un parque de atracciones, me montaré en la montaña rusa más alta y entraré en la Casa del Terror. Practicaré mucho y me convertiré en guitarrista de una banda famosa. Cuando sea mayor, viajaré por el mundo entero, recorreré el fondo de los mares y descubriré continentes perdidos. O, mejor, estudiaré biología para ser científico; investigaré las células y encontraré la cura a las enfermedades. También tendré una familia numerosa y una mascota, viviré en el extranjero y hablaré más de cuatro idiomas».

Miguel es un gran soñador. Sueña dormido y también despierto. Tiene un cuaderno especial donde anota sus deseos y lo que tiene que hacer para alcanzarlos. Sabe que, para cumplir los sueños, la magia no funciona, es necesario luchar y esforzarse. Porque toda gran hazaña empieza con un gran sueño.

El supertesoro de Miguel son los
SUEÑOS.

A Martina le encanta investigar, conocer, saber cosas nuevas. Por eso escucha fascinada cuando el abuelo le enseña trucos de cocina, su tía le da un tutorial en persona para cambiar la rueda de la bici o en clase hablan de quiénes fueron los incas. A veces, incluso le da por investigar más y pide prestados recetarios de cocina, busca vídeos de mecánica básica o corre a la biblioteca a por libros de las civilizaciones andinas.

¡Le encanta aprender de los demás! Y siente una gran satisfacción cuando puede ayudar gracias a algo que ha aprendido. Como cuando mamá necesita subir fotos a la nube, al abuelo se le olvidan cosas que antes sabía o a alguno de sus amigos se le pincha la rueda de la bici.

El supertesoro de Martina es el **CONOCIMIENTO.**

Sale de casa con la mochila repleta de cachivaches y sus zapatos multiaventura. Cruza el pueblo con disimulo, mirando de vez en cuando hacia atrás para asegurarse de que nadie la sigue. Entonces, entra en el bosque, cruza el río saltando de piedra en piedra y se dirige al gran árbol.

La vieja encina tiene cientos de años. Su tronco es tan grueso que ni cinco niños juntos podrían abrazarlo. En lo más alto, Ana tiene su escondite de la casita del árbol. Un lugar mágico donde puede dejar volar su imaginación para escribir, pintar y soñar. Allí se siente tranquila, protegida, y comparte historias y momentos inolvidables con las ardillas y los gorriones.

El supertesoro de Ana es su
ESCONDITE SECRETO.

Cuando Ernesto y sus compañeros se aburren y no le encuentran sentido a las cosas, ella planta una nueva semilla y la riega con agua de misterio y curiosidad. Si tienen un mal día y se sienten desanimados, ella los reconforta con sus palabras tranquilas y su sonrisa. Cuando se sienten perdidos, ella es la luz que los guía a lo largo del camino. Si están cansados, ella es la voz de ánimo que los ayuda a no rendirse. Además de ser sabia, también es un poco payasa y es capaz de hacer reír a todos sin parar. Conoce historias increíbles y tiene una paciencia a prueba de más de veinte pequeños exploradores.

Ella se llama Elena y es el supertesoro de Ernesto y de los demás niños y niñas que pasan por su aula. Porque Elena sabe cómo conseguir que encuentren sus superpoderes y brillen como las estrellas más luminosas del firmamento.

El supertesoro de Ernesto es su
MAESTRA.

A Omar le encanta la naturaleza. Pero últimamente está un poco triste porque encuentra desperdicios por todas partes; plásticos en la playa, latas en los campos... Además, la ciudad es como una chimenea gigante que no deja de humear, y rara es la noche en la que se pueden ver las estrellas. Aunque lo peor fue cuando encontró en el bosque a una ardilla atrapada en un bote de plástico. Omar la salvó, pero tomó una firme decisión: cuidaría de la naturaleza y concienciaría a su familia y amigos para que hicieran lo mismo.

Desde entonces, cuando Omar se cepilla los dientes, cierra el grifo, y se ducha rápido para ahorrar agua. Separa el plástico, el papel y los restos orgánicos. Reutiliza ropa, juguetes y da larga vida a todas sus cosas. Los fines de semana queda con sus amigos para ir a recoger basura en playas y bosques. Y cada mes, planta un árbol.

El supertesoro de Omar es la
NATURALEZA.

Lista de cosas que me encantan:

- Cerrar los ojos e imaginar que vuelo por el cielo azul.

- Oír la lluvia caer mientras coloreo mandalas, con mi gato haciendo run run acurrucado en mis pies.

- Sentarme junto a la chimenea con una taza de chocolate caliente y ver caer los copos de nieve por la ventana.

- Observar una mariposa revolotear y posarse en las flores.

- Hallar un lago escondido en la montaña y nadar en él.

- Tumbarme en la cama con un buen libro y la lamparilla de luz amarilla encendida.

- Contemplar el atardecer hasta que el sol se esconda.

- Escuchar una canción relajante mientras mamá me hace cosquillas en el pelo.

El supertesoro de Izan son los
**MOMENTOS BONITOS
Y TRANQUILOS.**

Lara tiene una amiga secreta que es muy importante. Están juntas a todas horas: en el colegio, en el parque, cuando la invitan a un cumpleaños... Incluso cuando viaja por el mundo de los sueños.

A veces se enfada un poco con ella, pero enseguida la perdona. ¿Quién no se equivoca alguna vez? Además, tiene un sinfín de cosas buenas que lo compensan todo: es divertida, lista, buena gente... Y puede contarle cualquier cosa, pues la escucha muy atenta. Siempre está ahí cuando la necesita.

Por eso Lara la cuida mucho. Le dice cosas bonitas y la anima a que se esfuerce para conseguir sus propósitos. Le aconseja que ayude a su familia y amigos; que intente ponerse en su lugar y que los trate siempre como le gustaría que la tratasen a ella.

Cuando Lara quiere mirar a los ojos a su amiga secreta, solo tiene que reflejarse en un espejo y contemplarse.

El supertesoro de Lara es
ELLA MISMA.